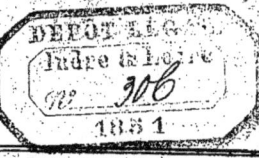
LES

TOURANGELLES,

POÉSIES

PAR

ÉMILE ARON, DE COMMERCY.

PRIX : 50 CENTIMES.

COUSTURIER, LIBRAIRE,

RUE NATIONALE.

1851.

LES

TOURANGELLES

POÉSIES

Par ÉMILE ARON (de Commercy).

I.

A ma Mère.

> Nul n'est exempt de la fortune,
> Sa roue chacun importune,
> Tourmente peuples et seigneurs.
> (*Ronsard.*)

> .... Croyons dans l'avenir !
> Espère, et, chaque fois que se lève l'aurore,
> Soyons là pour prier, comme Dieu pour bénir !
> (*Victor Hugo.*)

O toi que j'aime sur la terre

Comme l'Ange aime Dieu dans l'éternel séjour ;

Toi qui, d'un souffle salutaire,

Changes dans mon cœur chaque jour

Tout sentiment de haine en sentiment d'amour ;

Mère, dis-moi pourquoi tu laisses la souffrance
Troubler de ton beau front la limpide clarté?
    Aurais-tu perdu l'espérance,
    Comme la rose après l'été
    Perd, feuille à feuille, l'existence?

Oh! non, n'est-il pas vrai? tu crois dans l'avenir!
    Pauvre âme ici-bas asservie,
Tu fixes vers le ciel qui doit nous réunir,
    Lorsque finira cette vie,
    Un regard enflammé d'envie!
    Tu gémis, tu verses des pleurs,
Tu souffres, car toujours la fortune inconstante
    Prive les tiens de ses faveurs :
Comme toi la colombe est triste et mécontente
    Quand sa famille palpitante
    De la faim subit les horreurs.

Je sais pour ton bonheur, ô modèle des mères!
    Je sais ce que j'eusse envié;
J'eusse envié, non pas les grandeurs éphémères
D'un nom partout connu, partout glorifié;
Non pas les monceaux d'or que l'homme ambitionne;
    Non pas le poids d'une couronne :

J'eusse envié pour toi cette tranquillité,

  Ce calme que l'aisance donne ;

Des parens, des amis recherchant ta personne

  Et louant ta simplicité ;

  Les moyens de donner l'aumône,

Ainsi que dans les champs le Dieu de vérité

  Nous donne la fertilité.

J'eusse envié pour toi, l'hiver, le bruit des villes

  Et le silence du foyer ;

  L'été, l'ombrage du noyer,

  La promenade avec tes filles.

Espère, espère encore ! un rayon de soleil

Peut éclairer demain ton existence obscure ;

Espère ! un Dieu puissant protège l'âme pure !

  Une nuit, pendant ton sommeil,

Il versera sur toi la plus large mesure

Du bonheur dont jouit le juste à son réveil !

II.

La Gloire.

Des bords de la Moselle enfin, pauvre exilé,
Te voici transporté sur les bords de la Loire;
Metz de ta courte absence est déjà consolé;
Ton apparition dans Tours se fit sans gloire!

Sans gloire! et cependant la gloire était pour toi
Ce qu'est pour l'affamé le pain dur de l'aumône;
La gloire était pour toi ce qu'est une couronne
Sur la tête d'un prince auquel un peuple donne
Le titre suprême de roi!

Oui, mortel orgueilleux ! formé d'un peu d'argile,
Tu voulais exister dans la nuit du passé ;
Tu voulais que ton nom par tes vers fut placé
      Parmi ceux que le temps agile
Laisse survivre un jour, puis saisit, puis compile
      Dans le sein de l'oubli glacé !

Un nom ! mais qu'est-ce donc ? sur l'Océan des jours
C'est le drapeau qui flotte au grand mat du navire :
Le navire n'est plus, le drapeau se déchire,
Et la vague en fureur l'emporte pour toujours !

Chasse donc ces pensers d'éphémère puissance :
La gloire est un vain fruit dont se nourrit l'orgueil !
L'homme doit s'abreuver d'amour et d'espérance
Jusqu'au jour où son corps est mis dans le cercueil,
Jusqu'à l'heure où son âme au sein de Dieu s'élance !

III.

A Militta.

De l'éternel séjour le regard de son âme
Est un astre toujours sur ses enfans levé.
(*Lamartine.*)

Oh! cesse de pleurer, douce et belle colombe,
Les pleurs pourraient ternir ton visage enchanteur :
Sais-tu pas que des yeux chaque larme qui tombe
Est un ruisseau de sang qui s'échappe du cœur?

Je pleure, me dis-tu, parce que de ma mère
L'esprit s'est dirigé vers l'asile éternel;
Je pleure, car, hélas! mon existence amère
N'a plus un seul soutien qui n'habite le ciel.

Il est vrai, pauvre enfant, ta perte est bien cruelle :
Tu n'avais que ta mère, et ta mère n'est plus !
Mais les pleurs pourront-ils te ramener vers elle,
Si Dieu ne te croit pas digne de ses élus ?

Oh ! non, l'être mortel que seul le chagrin tue
N'est pas récompensé du Dieu de l'univers :
Il meurt, se croit heureux et son âme abattue
Va, pour l'éternité, souffrir dans les enfers !

Sèche donc tes beaux yeux, afin que la tristesse
Ne souille pas ton front de ses sombres sillons.
Prends pour père le ciel, pour mère la sagesse,
Pour amis les amis du Dieu des nations !

IV.

𝔄 𝔐. 𝔡𝔢 𝔏𝔞𝔪𝔞𝔯𝔱𝔦𝔫𝔢.

—

LE POËTE SACRÉ.

Je répandrai mon âme au seuil du sanctuaire,
Seigneur, dans ton nom seul je mettrai mon espoir;
Mes cris t'éveilleront et mon humble prière
S'élèvera vers toi comme l'encens du soir.

(*Lamartine.*)

Si j'ai trempé mon âme au fleuve du malheur;
Si j'ai souillé mon corps des eaux de la souffrance;
Si j'ai nié d'un Dieu l'éternelle existence
   Et l'immense grandeur;
Si j'ai passé les jours du printemps de ma vie
Sans exalter le bien, sans combattre le mal;
Si j'ai vu froidement dans les fers de Baal
   L'innocence asservie;

Hélas ! c'est que jadis mes enfantines mains
Ne tiraient aucun son des cordes de la lyre,
Et c'est que mon esprit gémissait sous l'empire
De pensers inhumains !
Aujourd'hui que vingt ans ont passé sur ma tête
Ainsi que sur la fleur passe un nuage obscur,
L'avenir me sourit, comme un ciel calme et pur
Sourit à la fauvette.

Le matin je m'éveille aussitôt que le jour
Vient, calme et radieux, succéder à l'aurore,
Je m'éveille,.... et soudain de ma harpe sonore
S'exhale un son d'amour !
Un son d'amour !! Seigneur, c'est à toi qu'il s'adresse,
A toi, le Roi des rois ! à toi, le Dieu des dieux !
A toi, le Créateur de la terre et des cieux !
A toi, seule sagesse !

Quand je chante ton nom, ta gloire et ta bonté,
Puissant Dieu d'Israël, ma voix devient sublime,
L'effroi glace mon sang et mon regard s'anime
D'une noble fierté ;

Chanter le Créateur ! ô pour la créature
Est-il un sort plus grand, un avenir plus beau !
Chanter le Créateur ! puis descendre au tombeau !....
    Quelle existence pure !!

Quel rêve ! avoir en soi le céleste pouvoir
De louer du Seigneur la puissance infinie ;
Avoir dans son esprit la force et le génie,
    Et dans son cœur l'espoir !
Grandir comme le lierre en rampant sur la terre ;
Vieillir comme le chêne en regardant le ciel ;
Mourir comme le juste en priant l'Eternel
    A son heure dernière !

Et laisser aux mortels pour dernier souvenir
Tout le fiel de son cœur, tout l'amour de son âme ;
Tous les vers de ses jours de poétique flamme
    Et de saint repentir !
Hélas ! tel est le sort, le seul sort que j'envie ;
Tel est le grand destin que j'espère ici-bas :
Grandir, vieillir, mourir ! puis après mon trépas
    Vivre d'une autre vie !

Qu'ai-je dit? sous les cieux, non, le chantre de Dieu
Ne peut jamais mourir dès l'instant qu'il existe :
Son corps s'anéantit, mais son œuvre subsiste
    En tout temps! en tout lieu!
Et son œuvre c'est lui! c'est la plus pure essence
Des pensers dont jadis son esprit s'abreuva;
C'est le chant de l'amour qu'inspire Jéhova
    A la douce Innocence!

C'est une cause enfin dont l'immortalité
Chez les faibles humains devient l'effet suprême :
David meurt!..... et son œuvre après vingt siècles même
    Brille de vérité!
Ecoutez! écoutez! chacun, chacun s'apprête!
Le temple est inondé d'un peuple de croyants!
C'est l'heure où les Esprits vont entendre les chants
    Du sublime poète!

Déjà de mille cœurs vient de naître un seul cri :
Un cri qui retentit dans l'enceinte sacrée,
Comme pour annoncer à la race inspirée
    Son Psalmiste chéri!

A genoux! à genoux! recueillez-vous, fidèles!
Et vous, pécheurs, pleurez! pleurez votre passé!
Car du grand Jéhova le tonnerre est lancé
    Sur vos têtes rebelles!

O mortels qui vivez! ô mortels à venir!
De l'immortel David répétez la prière!
Exaltez comme lui la suprême lumière
    Que rien ne peut ternir!
Chantez l'Esprit puissant qui bénit l'Innocence,
Qui venge l'opprimé, qui punit l'oppresseur;
Qui, tôt ou tard, prodigue au juste le bonheur,
    Au méchant la souffrance!

V.

Désillusion.

J'ai parcouru le tiers du désert de la vie
En chantant mes amis, en priant le Seigneur ;
    D'un regard enflammé d'envie
J'ai cherché dans l'espace un rayon de bonheur !

De bonheur !... pauvre enfant ! j'ai trouvé la souffrance
Mélant ses flots amers aux doux flots de l'amour,
    Et mon cœur gonflé d'espérance
Se noyait dans la nuit lorsqu'il cherchait le jour !

Ici la noire Hypocrisie;
Sous le masque de la Bonté,
Couronnait à sa fantaisie
L'Impudeur et la Cruauté;
Là, croupissant dans la misère,
Le respectable octogénaire
Comptait des instans douloureux,
Parce que la sombre avarice,
Du sein flétri de l'Injustice,
N'avait pas vu ses blancs cheveux!

Partout l'implacable Egoïsme
Détruisait les bouquets de fleurs
Que le divin Christianisme
Avait fait naître dans les cœurs :
Le frère assassinait le frère;
Les enfans volaient à leur mère
Le pain qu'espéraient ses vieux ans;
Et dans le temple affreux du Crime,
Pour mieux dévorer sa victime,
Chacun traînait ses pas errans!

Aujourd'hui j'ai vingt ans ! je connais bien le monde ;
Je sais ce qu'il renferme et de pur et d'immonde :
Je n'estime pas plus l'habitant du manoir
Que le pauvre artisan qui fait bien son devoir ;
Un riche vêtement peut couvrir l'homme infâme
Comme un habit grossier la noblesse de l'âme !
Hier, c'était ma nuit, aujourd'hui c'est mon jour.
Je puis voir des mortels et la haine et l'amour ;
Et dire à mes parens, à mes sœurs, à mon frère :
Amis, ouvrez les yeux, et suivez ma bannière !

VI.

A mon ami B. M.

Qui donne au pauvre prête à Dieu.
(*Victor Hugo.*)

O toi qui m'apparus au seuil de l'existence
Comme un brillant soleil sur un ciel azuré,
Toi qui de mes parens fus l'unique espérance
Et le cœur adoré;

Ami, quand loin de toi le travail me réclame,
Quand la nécessité m'emprisonne dans Tours,
Je ne puis que te dire avec la voix de l'âme :
Je pense à toi toujours!

J'aime à me rappeler ces rapides années
Où, jeune et faible enfant, je voyais tes vertus
Étendre chaque jour leurs feuilles fortunées
       Sur des fronts abattus !

Continue, ici-bas, ton saint pèlerinage,
Car le pauvre et le riche ont une âme tous deux :
La barque du Seigneur mène au même rivage
       Les mortels vertueux !

Richesse et Pauvreté sont pour l'Être-Suprême
Moins que le grain de sable emporté par le vent :
La vertu seule est tout; qui porte son emblême
       Voit le ciel en mourant !

Ami, sois donc toujours vertueux sur la terre !
Si tu veux mériter la grâce du Seigneur,
De tous les malheureux sois l'arche salutaire,
       Le soutien, le bonheur !

VII.

Solitude.

O l'amour d'une mère ! amour que nul n'oublie !
Pain merveilleux qu'un Dieu partage et multiplie !
(*Victor Hugo.*)

Ciel ! que de temps passé loin de ceux que j'adore !
Déjà soixante fois j'ai vu la tendre aurore
Arroser, de ses pleurs, le sol hospitalier
Où la nécessité me retient prisonnier,
Sans pouvoir embrasser mon excellente mère,
Ni presser sur mon sein mon seul ami, mon père ;
Ni lire, chaque soir, à mon frère, à mes sœurs,
Le choix des bons écrits de nos meilleurs auteurs.

Oui, dans ma triste solitude,
Je vide lentement la coupe de mes jours ;
Je m'abreuve d'espoir, de chagrins et d'étude,
Je me nourris de mes amours !

Lorsqu'un charmant rayon de l'astre de lumière
Vient, au milieu du jour, caresser ma paupière ;
O ma mère ! je crois qu'il me vient de tes yeux,
Et je dis au Seigneur : merci, maître des cieux !

Lorsque j'entends le doux zéphire
Murmurer des accords à la feuille des bois,
En pensant à toi, je soupire :
Car la voix du zéphire est semblable à ta voix !

Lorsque la fleur exhale une odeur agréable,
Il me semble te voir, te sentir près de moi :
Je pâlis, je frissonne et deviens comparable
Au mortel vaincu par l'effroi !

O mes parens ! plaignez le malheureux poète,
Car, loin de vous, son âme est toujours inquiète ;
Loin de vous le sang de son cœur
S'échappe de ses yeux en larmes de douleur !
Il souffre ! mais un jour, il en a l'espérance,
Un jour verra finir sa cruelle souffrance ;
Un jour, las d'amertume, il mangera son miel !
Et de Tours à Paris franchissant la distance,
Il dira : sombre enfer, adieu, je vais au ciel !

VIII.

Adieux.

Au banquet de la vie, infortuné convive,
        J'apparus un jour et je meurs,
Je meurs......

(*Gilbert.*)

Quoi ! je ne suis encor qu'au printemps de ma vie ;
Quoi ! je ne suis encor qu'au matin de mes jours,
Et ceux qui font ici ma gloire et mon envie,
        Je vais les quitter pour toujours !

Je vais ne plus te voir, ô mère que j'adore !
La tombe va bientôt me séparer de toi ;
Du Dieu, mon créateur, peut-être avant l'aurore,
        Mon âme aura subi la loi !

Objets de mon amour sur cette triste terre,
Mes parens, mes amis, je vous fais mes adieux :
Je pars !... souvenez-vous à votre heure dernière
        Que je vous attends dans les cieux !

IX.

Tristesse.

Ainsi qu'une brillante fleur
Que l'on arrache de la terre,
Dès que je suis loin de ma mère
Je suis sans force et sans vigueur.
(*Emile Aron, de Commercy.*)

Souvent mon cœur est triste et mon esprit rêveur,
Le ciel semble m'avoir arraché la faveur
De vivre en frère avec mes frères ;
Je souffre, alors que tout autour de moi sourit,
Et vers mon avenir je dirige interdit
Un œil plein de larmes amères.

Que l'horizon soit pur, qu'un soleil bienfaisant
Vienne, au milieu du jour, éclairer mon présent,
Échauffer le sang de ma veine ;
Qu'une chaste beauté, comme un ange des cieux,
Présente à mes regards son maintien gracieux,
Son visage de souveraine ;

Je pleure! et je me dis : si la foudre grondait,
Si, loin de tout abri, l'eau du ciel m'inondait
   Près des lieux qu'habite ma mère;
Hélas! si je pouvais, le soir à mon retour,
Moduler sur son sein les soupirs de l'amour,
   Et lui confier ma misère :

Oh! je serais heureux! mes tourmens corporels,
Se fondraient au soleil des biens spirituels,
   Je mépriserais la tempête;
Ma chair se glacerait au souffle des hivers
Sans souffrir; et bientôt le monde, par mes vers,
   Jugerait si je suis poète!

Oui, pour bien te chanter, modèle de vertu,
Je saurais de mon cœur, par les maux abattu,
   Tirer des flots de poésie;
Oui, je serais poète, ô mon ange adoré!
Et ma tristesse enfin dans l'espace azuré
   S'exhalerait en frénésie!

X.

L'espoir.

Je suis, donc j'espère.
(Emile Aron, de Commercy.)

Comme l'eau dans la mer, l'étoile dans le ciel,
Comme dans la prairie
L'herbe tendre et fleurie,
Comme l'oiseau dans l'air, dans la ruche le miel,
Comme dans le foyer la pétillante flamme,
Dieu plaça l'Espoir dans notre âme.

Que feraient sans Espoir les orgueilleux humains!
Que ferait donc sur terre
Le pauvre prolétaire
Obligé de nourrir, du travail de ses mains,
Et sa mère, et sa femme, et sa progéniture
Que l'effroyable faim torture?

Que ferait, même aux bords du ruisseau des faveurs
De la lourde Opulence,
La sombre Malveillance
Qui poursuit l'innocent de ses regards rêveurs
Et cherche à le saisir, de sa serre cruelle,
Comme l'oiseleur l'hirondelle?

Que ferait cette amante au moment solennel
Où l'âme qu'elle adore
Vers les cieux s'évapore?
Le plaintif orphelin, loin du sein maternel?
Le malheureux vieillard, une heure avant qu'il tombe
Dans la froide et terrible tombe?

Et que ferait enfin le savant dont les jours
S'écoulent dans l'étude
Et dans la solitude,
Si l'avenir discret ne semblait pas toujours
Devoir, de doux instans, proclamer la naissance
Et couronner notre existence?

Rien! tout être pensant courbé sous les douleurs;
Tout mortel qui désire;
Tout mortel qui soupire;

Tout enfant qui sourit ou qui verse des pleurs ;
Tout docte qui travaille ou tout guerrier qui tue ;
      Par Satan, toute âme abattue ;

Tout faux adorateur du Dieu de Vérité ;
      Tout homme méprisable ;
      Tout gourmand qui s'attable ;
Tout ivrogne hideux, tout avare éhonté ;
Tout fils dénaturé, toute femme adultère ;
      Tout lâche que la peur atterre ;

Enfin tous les humains heureux ou malheureux,
      Amis de la Justice
      Ou partisans du Vice
Trouveraient, ici-bas, leurs jours trop onéreux ;
Leur naissance serait bientôt de mort suivie,
      Car l'Espoir seul soutient la vie !

XI.

Le Cœur.

Le cœur de l'homme est une lyre
Dont chaque corde, tour à tour,
Sous la voix du sens qui l'inspire,
Frémit ou de haine ou d'amour.

XII.

Naître et Mourir.

Mon âme ardente étend ses ailes;
Et rien ne peut calmer dans les choses mortelles
Cette indomptable soif de l'Immortalité.

(*Jacques Delille.*)

Naître! mourir! ces mots sont le milieu suprême

D'une mer dont les bords ne nous sont pas connus.

D'un côté le néant d'où nous sommes venus,

    De l'autre un grand problême!

Un grand problême! hélas! dont rien avant la mort

Ne nous fait présager l'immense découverte :

Nous vivons, sans savoir si c'est vers notre perte

    Que nous conduit le sort!

Comme la fleur des champs ne recevons-nous l'être
Que pour briller un jour aux rayons du soleil;
Ou notre vie est-elle un douloureux sommeil
      Que nous impose un maître?

Atômes sans esprit, naissons-nous pour mourir;
Ou bien, enfans du ciel, trépassons-nous pour vivre?
La mort, est-ce l'instant qui détruit ou délivre,
      Qu'il faut craindre ou chérir?

Jamais aucun mortel n'a compris ce mystère,
Devant sa majesté tout homme est ignorant;
Devant sa profondeur, qu'il soit petit ou grand,
      Tout être doit se taire!

XIII.

Si Dieu voulait!

Si tu voulais ouvrir les cieux
Pour faire étinceler la terre
Des feux de ta sainte lumière,
Et te présenter à nos yeux;
Seigneur, que de mortels coupables,
Que d'êtres vils et méprisables,
Que de créatures sans foi,
Que de peuples donnés au vice,
Que de monarques sans justice
Tu verrais trembler devant toi!

XIV.

La Chûte des Illusions.

Tombez, illusions, tombez, feuilles chéries
        Que fit naître son doux printemps;
Tombez, voici l'hiver, tombez, tombez flétries
        Sous le souffle impur des autans !...

Vos jours sont terminés; de la plaintive aurore
        Vous ne sentirez plus les pleurs;
Et de ce beau soleil qui vous a fait éclore
        Vous perdrez les douces chaleurs!

Son cœur adolescent qui vous garda naguère
        Avec tant d'amour et d'orgueil,
Souffre, hélas! de vous voir joncher l'aride terre
        Et semble porter votre deuil.

Aussi n'étiez-vous pas son unique parure
　　　Et de sa sève l'esprit-né?
Dites, n'étiez-vous pas sa beauté, sa verdure
　　　Au pauvre cœur abandonné?

Oh! moi, je comprends bien le chagrin qui l'accable :
　　　Si jeune et déjà tant souffrir!
Si jeune et voir son bien répandu sur le sable
　　　Sans pouvoir jamais le saisir!

TABLE DES MATIÈRES.

Imprimerie de Placé, à Tours.

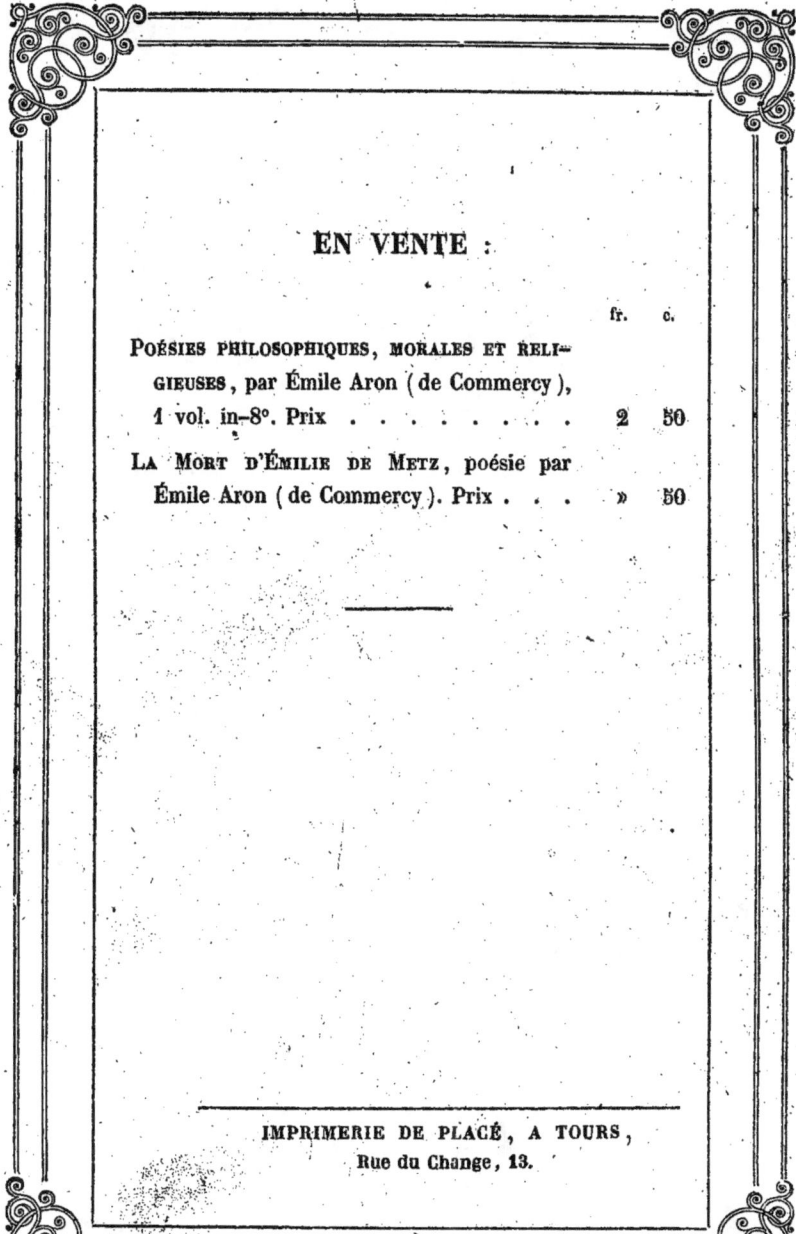

EN VENTE :

IMPRIMERIE DE PLACÉ, A TOURS,
Rue du Change, 13.

www.ingramcontent.com/pod-product-compliance
Lightning Source LLC
Chambersburg PA
CBHW060908180626
46818CB00004B/1877